OPISKELIJAN USKONTUNNUSTUS

Tosikertomus

MERJA HAUTANEN

Uskon tunnustaminen uudessa ympäristössä voi olla vaikeaa ja siitä on seurauksia. Valitsemalla tunnustuksen tien, tulee osalliseksi myös siunauksen tiestä.

© 2024 Merja Hautanen
Kustantaja: BoD · Books on Demand GmbH, Helsinki, Suomi
Kirjapaino: Libri Plureos GmbH, Hampuri, Saksa
ISBN: 978-952-80-8528-7

OPISKELIJAN
USKONTUNNUSTUS

1. LUKU

Ulko-oven viereen pysäköity auto käynnistettiin. Sitten kuului etääntyvää moottorin hyrinää ja Ella näki kuinka sininen Ascona kiihdytti hiukan, ja lähestyessään tien liittymää vauhti hidastui ja viimeinen havainto autosta oli sen vasen takavilkku, joka sekin aivan pian hävisi näkyvistä.

Nyt Ella oli yksin.

Sisäoppilaitokseen

Ellan setä oli tuonut hänen vähäiset tavaransa sisäoppilaitoksen soluasuntolaan. Heti paikalle saavuttuaan Ella oli käynyt opiston toimistolla sisäänkirjautumassa, saanut asuntonsa avaimen ja järjestyssäännöt sekä tiedon siitä, että ruokalassa olisi seuraavana päivänä aamupala kello kahdeksalta. Ruoka tarjottiin koulun puolesta, mutta kahvi ja pulla täytyisi ostaa itse. Kahvihetken saisi jättää halutessaan väliin ja oppilaitoksen soluasunnossa oli lupa valmistaa myös omia ruokia.

Ellan palattua toimistolta, setä oli auttanut häntä tavaroiden kantamisessa koulun asuntolaan. Hän oli ensimmäinen paikalle saapunut tyttö ja pääsi valitsemaan huoneensa ennen toisia. Hän valitsi huoneen, jonka ikkunasta avautui samanlainen peltomaisema kuin oli näkynyt Ellan huoneen ikkunasta, siellä kaukana kotona. Tämä huone oli pieni ja siinä oli vain kaksi yksinkertaista vuodetta, kaksiosainen vaatekaappi sekä pitkä kirjoituspöytä. Ella oli tuonut mukanaan viherkasvin, traakkipuun ja sen hän asetti huoneen ainoalle pöydälle. Kasettisoittimen hän sijoitti traakkipuun viereen ja järjesti vähäiset vaatteensa vaatekaappiin. Sitten setä hyvästeli Ellan ja lähti paluumatkalle, jota tulisikin kertymään yli sata kilometriä. Sininen Ascona oli poistunut asuntolan pihasta.

Ella katseli ympärilleen, eikä voinut olla huomaamatta, että sisäoppilaitoksen yleiset keittiötilat olivat aika kolkot. Vaaleaksi maalattu tiiliseinä ympäröi huonetta ja ruskeat, pienet keittiökaapit täyttivät huoneen vasemman nurkkauksen. Kaapiston oikealla puolella oli pieni hella ja hellalla yksi kattila. Kaapiston vasemmalla puolella oli varsin pieni jääkaappi jos oletettiin, että siihen sopisi kahdeksan tytön ruokatarvikkeet. No, ruoka tarjottiin opiskelupäivinä koulun ruokalassa, mutta illat ja viikonloput piti pärjätä omillaan. Ellan huoneen lisäksi yleisten tilojen ympärille oli sijoitettu vielä kolme muuta huonetta, joissa jokaisessa oli samanlainen varustus. Jokaiseen huoneeseen asettuisi asumaan kaksi toisilleen entuudestaan tuntematonta tyttöä.

Hän istui keittiön pöydän vieressä olevalle tuolille todeten, että pöytä oli muodoltaan pyöreä ja hyvin tilava. Sen ympärille mahtuisi tarvittaessa kaikki kahdeksan tyttöä. Ella tunsi olonsa epämukavaksi ja sisäinen kylmyys värisytti häntä. Hän oli nyt omillaan, ja tästä eteenpäin hänen täytyisi pärjätä yksin.

Oli syyskuun kuudes päivä. Kuukausi sitten hän oli täyttänyt kuusitoista vuotta. Joidenkin mielestä hän oli liian nuori asettumaan itsenäiseen elämään. Mitä muita vaihtoehtoja hänellä muka olisi ollut?

Ella palasi mietteissään eiliseen päivään. Hän oli ollut edellisenä iltana Tupsu-koiransa kanssa lenkillä viimeistä kertaa, ennen muuttoaan uudelle paikkakunnalle. Siinä ilta-auringossa kävellessään hän oli katsahtanut taivaalle ja nähnyt, kuinka pilvistä muodostui kuution muotoinen kaupunki. Aurinko paistoi kaupungin läpi ja sai hohtamaan sen kirkkaana ja kultaisena. Jostain kaukaa hän kuuli sisäisillä korvillaan laulua: "Kotihin päin tieni kuljen, eessäni nään rantamat sen. Sinne mä kaipaan, kotihin taivaan, kutsun jo kuulla saan..." Tämä pieni hetki oli valanut rohkeutta ja myöskin lohduttanut. Tuossa hetkessä hän ymmärsi, että lapsuudenkoti olikin ollut hänelle vain eräänlainen välilaskupaikka, hän oli vasta matkalla kotiin. Taivaallinen kultakaupunki oli hänen lopullinen, todellinen kotinsa.

Ella oli tuossa hetkessä tuntenut olonsa rohkeaksi, mutta kuitenkin jokin oli saanut hänet epävarmaksi. Millä tavalla hän muuttuisi joutuessaan täysin vieraiden ihmisten joukkoon? Entäpä, jos hän ei uskaltaisikaan tunnustaa uskoaan ja menettäisi sen, mikä oli hänelle arvokkainta?

Hän oli kuullut monissa seurakunnan saarnoissa kerrottavan, kuinka maailma kiehtoo, synti houkuttaa ja viettelee, maailma vei mukanaan eräänkin uskovan ihmisen, joka vaikutti niin vahvalle uskossaan. Ella oli käsittänyt, että maailman henki oli voimakas ja veisi mukanaan, jos ihminen ei uskaltaisi tunnustaa uskoaan. Hän oli päättänyt tunnustaa uskonsa uudella paikkakunnalla, mutta entäpä jos rohkeus ei riittäisikään. Päättäväisesti Ella oli avannut kirjoituspöytänsä laatikkon, etsinyt sieltä pienen metallisen laatan, kiinnittänyt sen neulalla puseroonsa ja päättänyt ettei missään tilanteessa irrottaisi merkkiä vaatteestaan. Merkissä luki isoilla kirjaimilla: "Jeesus rakastaa sinua".

Valinta

Ella kokeili sormillaan puseron rintapielessä olevaa merkkiä. Siinä se oli, tiukasti kiinnitettynä lujatekoiseen neuleeseen. Hän havahtui mietteistään siihen, kun avain kiertyi asuntolan ulko-ovessa. Uusi tyttö oli tulossa asuntolaan, ja nyt hän näkisi ensimmäisen uusista opiskelutovereistaan ja asuinkumppaneistaan. Ella tunsi yhtäkkiä olonsa heikoksi ja voimattomaksi, hänen kasvonsa valahtivat valkoiseksi, ja vapisevin, voimattomin sormin hän tarttui rintapielessään olevan merkin hakaneulaan. Jos hän pitäisi kiirettä, hän ehtisi vielä irrottaa merkin rintapielestään. Hätääntyneenä Ella vetäytyi naulakon suojaan, saadakseen enemmän aikaa toimenpiteen suorittamiseen. Nyt asuntolan ulko-ovi aukesi ja eteisestä kuului naisen ääni.

2. LUKU

Ella pysähtyi miettimään tilannetta. Ei, hän ei tekisi sitä! Hän oli päättänyt, että pieni, merkityksellinen laatta ei poistuisi hänen rintapielestään koko sinä aikana, jonka hän olisi sisäoppilaitoksessa. Hänellä ei ollut voimaa tunnustaa uusille opiskelutovereille uskoaan, mutta kyseinen merkki tekisi sen hänen puolestaan.

Hitaasti Ella irrotti vapisevat sormensa merkin hakaneulasta ja voimattomat kädet valahtivat sivuille. Hän oli kiusallisen tietoinen rintapielessään olevan merkin tekstistä, kun eteisen ovi aukesi ja kaunis, kiharahiuksinen tyttö astui sisälle asuntolaan.

"Sarianna", tyttö ilmoitti nimensä.

"Ella", kuului vastaus, ja seuraavien sekuntien aikana molemmat tytöt tekivät toisistaan tarkkoja havaintoja. Ella arvioi Sariannan iäksi noin kaksikymmentä vuotta. Hänen ruskeat kiharat hiuksensa laskeutuivat kauniisti olkapäille, tehden huolitellun loppusilauksen siroon ja viehättävään ulkonäköön. Sarianna ei tullut yksin vaan hänen takanaan astui sisään mies, josta tyttö kiirehti selittämään:"Poikaystävä lähti tuomaan tavaroitani, hän ei ole aikeessa jäädä tänne pidemmäksi aikaa, mutta saattaa joskus käväistä luonani".

Jos Sarianna huomasi Ellan rintapielessä olevan merkin, hän ei ainakaan maininnut siitä mitään. Sarianna valitsi samaan suuntaan avautuvat huoneen ikkunat kuin Ella, ja asettui Ellan vieressä olevaan huoneeseen.

Asuntolaan saapuvia tyttöjä

Vähän ajan kuluttua ovelta kuului jälleen ääniä. Tällä kertaa sisään astui tyttö, jonka vaaleat pitkät hiukset olivat tiukalla ponihännällä. Katse oli rehti, avoin ja suora. Hänellä oli yllään puolipitkä takki ja mukana pari kassia. Hän oli arviolta samaa ikäluokaa kuin Sarianna. Tyttö esitteli itsensä Päiviksi ja lyhyen vilkaisun jälkeen hän ymmärsi, että jokaisen tytön oli otettava itselleen kämppäkaveri. Nähtyään Sariannan joka vaikutti varsin miellyttävälle tuttavuudelle, Päivi ehdotti voisivatko he asua samassa huoneessa. Asia vaikutti sopivan toiselle osapuolelle, sillä Päivi kantoi tavaransa sisälle Sariannan varaamaan huoneeseen.

Seuraavaksi asuntolaan saapui suloinen tyttö, jolla oli sirot kasvonpiirteet, tuuheat pitkät hiukset ja huolellisesti leikattu otsatukka. Kevyt nahkatakki istui varsin tyylikkäästi hoikkaan vartaloon. Iältään hän oli nuorempi kuin Ella, vain viisitoistavuotias. Hänen nimensä oli Jonna, ja hän asettui huoneeseen, josta avautui näköala opiston pihapiiriin, puistoon ja koulurakennukseen johtavalle polulle.

Jonnan jälkeen saapui vielä Anne ja Mervi. Anne oli kolmekymmentäkolmevuotias, kolmen lapsen äiti ja hänestä tuntui sopivalta asettua Jonnan kanssa samaan huoneeseen, tyttö kun oli vielä niin kovin nuori ja ehkäpä hän tarvitsisi tulevina päivinä aikuisen tukea. Huonejärjestely tuli näin kuntoon myös Annen ja Jonnan kohdalla.

Mervi vaikutti oman tiensä kulkijalle ja valitsi Sariannan ja Jonnan huoneiden välistä ainoan, vielä tyhjillään olevan huoneen. Sinne Mervi pudotti laukkunsa, heittäytyi sängylle ja totesi: "Ainakaan vielä täällä ei ole ketään muita, minä jään tänne".

Yksikään tyttö ei tullut edes kurkistamaan Ellan huoneeseen, eikä pitänyt sitä vaihtoehtona asunnokseen. Oliko syynä Ellan rintapielessä oleva merkki, vai jokin muu piirre tytössä? Ella olikin kotoa lähtiessään miettinyt, miten järjestäisi joka aamuiset ja iltaiset rukous- ja hartaushetkensä, jos toisenlaisia arvoja kunnioittava tyttö tulisi hänen huonekaverikseen?

Tyttöjen asuntolaan ei saapunut enää uusia tulokkaita. Ella tunsi helpotusta, ainakin vielä hän saisi olla yksin huoneessaan. Hän istui kapean sängyn laidalle miettimään tilannetta. Ehkä tunnustuksellinen laatta rintapielessä, jossa luki, "Jeesus rakastaa sinua" olikin isommassa roolissa asioiden järjestymisen suhteen, kuin mitä hän oli alussa ajatellut. Asiat näyttivät järjestyvän yllättävän hyvin. Jospa tyttöjä ei tulisikaan tämän enempää!

Nyt Ella kuuli, kuinka keittiön pöydän ympärillä olevia tuoleja järjesteltiin ja sitten kuului ilmoitus: "Hei kaikki tytöt! Kokoonnutaan yhdessä tänne keittiöön niin voimme tutustua toisiimme, koska emme ennestään tunne toisiamme."

Vastahakoisesti Ella avasi huoneensa oven ja hiljaisena hän liittyi toisten tyttöjen seuraan, istuen yhdelle keittiön pöydän ympärillä olevista tuoleista.

Toisilleen täysin ventovieraat tytöt eivät kuitenkaan keksineet pitkäksi aikaa keskusteltavaa ja niinpä Sarianna ehdotti: "Minulla on radio mukana, laitetaan musiikki soimaan." Puhuessaan hän nousi tuolilta ja haki huoneestaan isokokoisen radion, asetti sen pöydälle ja kiinnitti sähköjohdon pistorasiaan.

Erottautuminen

Tässä vaiheessa Ella olisi halunnut poistua toisten seurasta, mutta hän ei pystynyt liikahtamaankaan paikaltaan. Hänen kätensä tuntuivat kosteilta ja sydän hakkasi. Sarianna ruuvasi radion kanavia ja painoi sitten käynnitysnappulaa. Radion volume oli suurella ja huoneessa oleville ei jäänyt epäselväksi, mitä ohjelmaa oli sillä hetkellä tarjolla.

Täysin yllättyneet tytöt jähmettyivät paikoilleen, osaamatta sanoa sanaakaan.

3. LUKU

"JEESUS OI, JEESUS OI, JEESUS OI, JEESUS OI", kaikui Sariannan radiosta koko asuntolan täydeltä! Tällaista tilannetta ei kukaan ollut osannut odottaa, ei edes Ella! Tämä yksi ainoa nimi riitti antamaan hänelle sen voiman, jota hän tässä tilanteessa tarvitsi. Sarianna selvisi hämmennyksestä ensimmäisenä:
"Jotakin jeesustelijoita", hän sanoi halveksivasti. "Älkää istuko siellä missä pilkkaajat istuvat", Ellan mielessä kaikuivat tutut Raamatun sanat. Koska hänen rintapieleensä oli kiinnitetty laatta "Jeesus rakastaa sinua", hänen velvollisuutensa oli tässä vaiheessa poistua paikalta.

Sariannan etsiessä radiosta uutta kanavaa, Ella totesi: "Minä taidankin jo lähteä huoneeseeni", ja poistui seurasta. Sivusilmällä hän näki jähmettyneet tytöt, jotka säikähtänyt katse silmissään tuijottivat eteensä äärimmäisen vakavina, mutta Ella hymyili helpottuneena. Jumala oli tullut hänen avukseen! Hän ei ollut yksin, vaan Jumala johdatti tilanteita asuntolan seinien sisäpuolella. Erottautumalla joukosta, hän oli tunnustanut uskonsa. Nyt se oli tehty!

Keittiöstä kuului radion pauhina ja Ella uskalsi käynnistää oman kasettisoittimensa. Hän painoi korvan kiinni kaiuttimeen voidakseen kuulla edes vähän omaa musiikkiaan, sillä laulujen sanat erottuivat juuri ja juuri, jos korva oli kiinni kaiuttimessa.

Tästä eteenpäin Ellan ympärille laskeutui läpitunkeva yksinäisyys ja hän säpsähti jokaista ääntä huoneensa oven takana.

Mutta elämä oppilaitoksessa jatkui. Seuraavana päivänä sisäoppilaitoksen pihamaa täyttyi pirteistä tytöistä ja pojista, joita oli ohjeistettu pukeutumaan enemmän tai vähemmän istuviin työhaalareihin. Opettajat lähtivät viemään uusia oppilaita työpisteilleen, sillä oppilaat rahoittivat itse opintonsa, tekemällä puolet opiskeluajasta töitä.

Osa oppilaista pääsi tomaattihuoneelle, jossa oli meneillään sadonkorjuupäivä. Kypsät tomaatit kerättiin astioihin, vialliset ja puolikypsät lajiteltiin kakkosluokkaan. Pian velvollisuudet kuitenkin unohtuivat, sillä tomaattihuoneessa työskentelevät keksivät itselleen mukavampaa puuhaa. Paksujen, taipuisten varsien välistä sinkoilivat tulipunaiset tomaatit puolin ja toisin, sillä tomaattihuoneelle oli äkisti puhjennut sota! Ilon ollessa ylimmillään, paikalle saapui opettaja tarkistamaan työn jälkeä. Tilanne vakavoitui kerrasta ja yllättävän innokkaina oppilaat jatkoivat kesken jäänyttä poimintaansa. Vain Sanna pälyili ympärilleen etsien puukkoa joka oli joutunut hukkaan, hänen pommittaessaan mädäntyneillä tomaateilla uutta tuttavuuttaan, Topia.

Sanna huolestui turhaan, sillä koulupäivän päätyttyä Topi työntyi sisälle tyttöjen asuntolaan.

Hän oli napannut Sannan puukon talteen, saaden hyvän syyn tulla tyttöä tapaamaan. Topista tulikin pitkäksi aikaa vakio vieras tyttöjen asuntolaan, sillä Topi ja Sanna olivat saman ikäisiä, viisitoistavuotiaita.

Elämää naapurikaupungissa

Pieni kaupunki kylpi aamuauringon säteissä ja ympärillä kohoavassa metsikössä oli nähtävänä syksyn värejä. Navakka pohjoistuuli muistutti hiljalleen lähestyvästä talvesta.

Jaana pakkasi koulukirjansa reppuun ja valmistautui lähtemään lukion oppitunnille, mutta hän tunsi olonsa epävarmaksi.

Tämä johtui osittain siitä suuresta muutoksesta, mikä hänelle oli tapahtunut joitakin vuosia sitten, jolloin Jaana oli tullut uskoon. Silloin merkillinen rauha oli täyttänyt hänen sydämensä. Jumalan läsnäolossa monet kipeät asiat saivat lempeän, lohduttavan ja hoitavan kosketuksen, eikä sen jälkeen mikään ollut kuten ennen. Tämän suuren muutoksen jälkeen elämä oli muuttunut jännittäväksi ja tarkoitukselliseksi, ja sydämen täytti halu toteuttaa elämässä Jumalan suunnitelmaa.

Juuri se teki Jaanan olon nyt levottomaksi sillä hän tunsi selvästi, että hänen pitäisi olla jossakin muualla kuin missä nyt oli.

Hän oli juuri aloittanut lukion kolmannen luokan ja tänä vuonna olisi kauan odotetut ylioppilaskirjoitukset, jotka mahdollistaisivat pääsyn korkeakouluopitoihin. Miten hänen sukulaisensa ja ystävänsä suhtautuisivat siihen, jos hän tässä vaiheessa keskeyttäisi lukion? Silloin olisi takanapäin kaksi hukkaan heitettyä lukiovuotta! Olihan siinä toki ollut yleissivistävää opetusta elämänvarrelle, mutta varsinainen tavoite jäisi saavuttamatta, jos tässä vaiheessa keskeytti opiskelun lukiossa.

Huolimatta siitä, että hän ymmärsi mielessään pyörivän suunnitelman olevan täysin järjetön, mikään järjellinen ajattelu ei kuitenkaan poistanut sisäistä vaikutelmaa, että juuri nyt hänen pitäisi olla naapurikaupungin sisäoppilaitoksessa!

Jaana heitti reppunsa selkään, avasi kodin ulko-oven ja käveli autolle. Saab käynnistyi vaivattomasti ja pian se hävisi vilkkaan maantien aamuruuhkaan. Edessä olisi jälleen yksi tavallinen opiskelupäivä lukiossa, mutta sitä Jaana ei ajatellut enempää, sillä juuri nyt hän tunsi entistä voimakkaammin, että häntä tarvittiin jossakin muualla!

4. LUKU

Seuraavana aamuna Jaana istui mietteliäänä keittiössä. Hän oli juuri soittanut naapurikaupungin sisäoppilaitokseen ja kysynyt vapaata opiskelupaikkaa. Hän oli kuitenkin myöhässä, sillä lukuvuosi oli jo alkanut eikä hän ollut mukana yhteishaussa, jonka pohjalta valinnat oppilaitokseen oli jo tehty. Jaanan nimi merkittiin kuitenkin ylös, lukuisten muiden hakijoiden jälkeen viimeiselle varasijalle. Hänen edellään oli useita opiskelupaikan hakijoita, jotka mahdollisen peruutuspaikan ilmaantuessa pääsisivät sisäoppilaitokseen opiskelemaan ennen häntä.

Ei auttanut muu kuin heittää reppu selkään ja kaasutella Saabilla kaupungin läpi, lukion sivistäville oppitunneille.

Välitunnilla Jaanan ystävä Tuulia tuli juosten hänen luokseen ja heilutti kädessään avointa kirjettä: "Sain eilen kirjeen, jossa kerrotaan Ella nimisestä tytöstä, joka opiskelee naapurikaupungin sisäoppilaitoksessa. Hän on hiljattain täyttänyt kuusitoista vuotta, eikä hän tunne ketään toista uskovaa siellä kaupungissa. Hänen isänsä on ollut tilanteesta hyvin huolissaan."

Jaana hämmästyi: "Niin nuori! Vain kuusitoistavuotias ja aivan yksin! Onpa tämä nyt merkillistä!"

Jaana kertoi Tuulialle omista sisäisistä vaikutteistaan ja jatkoi: "Aamulla soitin koululle, mutta he laittoivat minut odottamaan viimeiselle varasijalle. Oppilaitokseen on ollut paljon hakijoita."

Yhdessä Jaana ja Tuulia pohtivat erikoista yhtälöä. Molemmat tulivat siihen tulokseen, ettei Jaana pelkästään kuvitellut, vaan todellakin Jumala halusi hänen lähtevän kyseiseen oppilaitokseen. Heistä tuntui, että Jumala tulisi järjestämään Jaanalle haluamansa opiskelupaikan, toisten hakijoiden ohitse.

Vaarallinen mäki

Myös sisäoppilaitoksella valmistauduttiin uuteen päivään. Tänään Ellan ryhmä vietiin oppilaitoksen autolla lanttumaalle. Oli avomaatuotannon päivä ja aika aloittaa lantun sadonkorjuu, sillä laajoilla vainioilla puuhaa riittäisi useammaksi viikoksi. Aamu ilma oli raikas, maan pinta valkoinen ja kohmeessa, sillä yöllä oli ollut pieni pakkanen. Ilmassa oli myöhäissyksyn tuntua ja kolean sään vuoksi jokainen oli yrittänyt pukeutua parhaansa mukaan lämpimästi.

Oppilaitoksen lanttumaa sijaitsi korkealla mäellä, sillä lantut rakastivat tuulta ja aurinkoa, ja niitä molempia riitti mäen huipulla. Pään kokoiset lantut odottelivat oppilaiden innokkaita käsiä ja kestäviä jalkoja, koska lanttuja jouduttiin kuljettamaan pellolla pitkiä matkoja.

Nokkelat oppilaat keksivät idean työn valmiiksi saattamiseksi. Kaarina, joka asui Ellan asuntolan viereisessä solussa, ehdotti: "Asetutaan sopivalle etäisyydelle toisistamme ja muodostetaan ketju. Asko nostaa lantun ja listii sen, heittää sen Markulle, Markku heittää minulle, minä heitän Ellalle, Ella heittää Sariannalle ja Sarianna Saaralle, Saara Merville, joka laittaa lantun traktorin kärrylle."

Jonkin aikaa toimittiin näin, mutta sitten Asko tuumasi että kuorma valmistuisi nopeammin, jos jokainen ensin nostaisi ja listisi lanttuja, ja vasta sitten muodostettaisiin ketju lanttujen heittämistä varten.

Työtuntien lähestyessä loppuaan, traktorin lava alkoi täyttyä ja silloin Mervi ehdotti: "Minä voin ajaa traktorin takaisin koululle, minulla on ajokortti. Hypätkää kyytiin!"

Ella jäi pellolle odottamaan koululta saapuvaa kuljetusta, mutta osa oppilaista hyppäsi peräkärrylle, kun Mervi käynnisti traktorin. Mervi, joka yleensäkin oli oman tien kulkijaksi huomattu, ei tullut ajatelleeksi että traktorissa on erilaiset ajo-ominaisuudet kuin autossa. Hän käänsi traktorin kapealle sivutielle jyrkkään alamäkeen, jonka päässä oli Purojoen ylittävä kapea silta, ja laski traktorin vaihteen vapaalle. Traktori ja täyteen kuormattu perävaunu oppilaineen, lähti kiihtyvään vauhtiin.

Kaarina, joka oli jäänyt Ellan kanssa pellolle ja jolla myös oli ajokortti, huusi hädissään: "Mervi ajaa vapaalla alamäkeen, hypätkää pois lavalta, traktori kaatuu!" Oppilaat toimivat salaman nopeasti ja hyppäsivät vauhdissa tien vieressä olevaan matalaan ojaan ja kierivät pellolle. Yksikään heistä ei vahingoittunut, mutta Mervi itse oli traktorin hytissä ja huomasi virheensä liian myöhään. Traktorin vauhti kiihtyi uhkaavasti ja alapuolella häämötti kapea joen silta. Syöksyisikö traktori jokeen, vai kenties kaatuisi? Hän ei saanut traktorin vauhtia hidastumaan, eikä se ollut enää hallinnassa.

Mervillä oli omat taustansa, joista hän ei ollut kenellekään kertonut, mutta nyt oli tilanne, jolloin hän huusi Jeesusta avuksi!

5. LUKU

Korkean mäen päällä seisovat oppilaat seurasivat traktorin menoa. Kuin ihmeen kaupalla se näytti pysyvän pystyssä ja pääsi sillan ylitse, mutta vauhti pysyi edelleen kovana. Nyt edessä oli toinen vaaratilanne, sillä traktori lähestyi T-risteystä, eikä Mervi saanut traktoria vieläkään pysähtymään! Lähestyvällä tiellä liikkui autoja, tulisiko yhteentörmäys?

Nyt Mervi saavutti T-risteyksen, ajopeli ei ollut hallinnassa, eikä se pysähtynyt. Mervi huusi jälleen Jeesusta avuksi. Yhtäkkiä lähestyvä tie tyhjeni autoista eikä muitakaan ajoneuvoja näkynyt, joten Mervi käänsi traktorin täydessä vaudissa T-risteyksestä vasemmalle. Traktori horjahti, peräkärry heittelehti, mutta ei kaatunut,

eikä kuormakaan pudonnut. Tämän jälkeen vauhti alkoi viimeinkin hidastua ja Mervi pysäytti traktorin tien laitaan. Hän oli tänään oppinut, ettei enää koskaan ajaisi traktorilla vapaalla vaihteella alamäkeen! Jalat vapisivat, sydän hakkasi ja kaiken kukkuraksi saadakseen laajemman kulman kääntymiselle, hän oli joutunut kääntymään päinvastaiseen suuntaan kuin minne oli menossa. Täytyi käydä vielä seuraavassa tienhaarassa kääntymässä, että voisi palata koululle. Nytpä hän saikin hyvän tilaisuuden harjoitella peruuttamista peräkärry perässä.

Kesti aikansa ennen kuin Mervi peruutusharjoituksensa jälkeen lopulta saapui koululle. Koetteleva päivä syöpyi Mervin mieleen pysyvästi.

Ella ryhtyy toimiin

Iltapäivällä kello seitsemäntoista, kun päivän opiskelut päättyivät, Ella pukeutui lenkkivaatteisiin, otti avaimen taskuunsa ja lähti juosten kohti kaupungin keskustaa. Matkaa kaupungille oli yli viisi kilometriä.

Lähempänä päämääräänsä hän pysähtyi kysymään ystävälliseltä vanhalta naiselta reittiohjeita ja tämä osoitti hänelle oikopolun seurakuntaan, jonne Ella kertoi olevansa matkalla.

Niinpä aivan pian hän saapui seurakunnan suureen pihapiiriin ja katseli ympärilleen. Ulkona hääräsi pari työmiestä, mutta muuten pihamaa oli tyhjä.

Kirkkorakennuksen päätyseinän suuret lasiovet houkuttelivat kulkijaa astumaan sisälle kirkkosaliin, ja koko etuseinämän kattava portaikko antoi vaikutelman, että seurakunta oli varautunut runsaaseen kävijämäärään. Ella suoristi selkänsä, pyyhkäisi muutaman hiussuortuvan kasvoiltaan ja astui näyttäville portaille. Noustuaan portaat ylös, hän avasi suuren lasioven ja astui seurakuntasalin eteiseen.

Lasiseinän läpi saattoi nähdä lämminhenkisen, kauniin kirkkosalin olevan tyhjä, eikä eteisessäkään näkynyt ketään. Hän oli siis jälleen kerran yksin. Pettyneenä hän alkoi tehdä poislähtöä, mutta astuessaan takaisin avaraan pihapiiriin, hän rohkaisi mielensä ja kysyi ohi kiiruhtavalta työmieheltä:

"Hei! Milloin täällä seurakunnassa on tilaisuuksia?"

"En minä tiedä, kysy talonmieheltä. Hän asuu tuolla rakennuksen takana", työmies viittasi kirkkorakennuksen toiseen päätyyn.

Iloisena saamastaan opastuksesta, Ella lähti kiertämään kirkkorakennuksen takaosaan. Hän löysi rakennuksen päädystä pensaiden reunustaman sisäänkäynnin, lähestyi arkana edessä häämöttävää asunnon ulko-ovea ja painoi ovenkahvaa. Ovi oli lukossa, mutta sisältä kuului ääniä. Jännittyneenä hän soitti ovikelloa.

Oven avasi hoikka, tumma mies, joka ei vaikut-tanut ollenkaan ilahtuneelta pienestä häirinnästä. Hänen takanaan näkyi tomera emäntä, jonka ympärillä hääräsi monta pientä lasta. Kenties Ella oli tullut hyvinkin kiireiseen aikaan, sillä kummankaan kasvoilla ei näkynyt hymyn häivääkään.

"Anteeksi, mutta milloin tässä seurakunnassa on seuraava tilaisuus?" Ella tiedusteli kyyneleitään nieleskellen. Yksinäisyys alkoi tuntua jo ylivoimaiselta.

"Normaalisti meillä on rukouskokous näin torstaisin, mutta seurakunnalla on ollut kesäloma, eivätkä tilaisuudet ole vielä alkaneet. Seuraava tilaisuus täällä on vasta ensi sunnuntaina ", miehen takana seisonut tomera nainen vastasi.

"Missä sinä asut?", nainen uteli.

"Asun sisäoppilaitoksessa", Ella vastasi.

Nähdessään Ellan kyyneleet, nainen sanoi: "Valitettavasti tänään ei ole tilaisuutta."

Ella ei voinut tehdä muuta kuin kiittää ja poistua paikalta. Syksyinen ilma tuntui viileältä ja kyyneleet valuivat yksinäisen tytön silmistä hänen juostessaan kapeaa tietä takaisin oppilaitokselle. Autot hidastivat ja väistelivät tiellä juoksevaa tyttöä, joka alkoi olla vaikeasti havaittavissa hämärätyvässä illassa.

Seuraavana aamuna, kiirehdittyään asunnolta koulun päärakennukseen Ella avasi oven ruokasaliin. Aamupalalla oli vain muutamia karjatalouspuolen oppilaita. Ruokasalissa hän etsi käsiinsä tarjottimen ja pari juomalasia. Sitten hän valitsi runsaalta tarjoilupöydältä pari leipää, maitoa, voita ja riittävän monta herkullista maksamakkaran viipaletta ja oli juuri kääntymässä poispäin, kun yksi keittiön emännistä lähestyi häntä arkana, kysyen: "Oletko Ella?"

Ella hämmästyi niin, että tarjotin oli pudota hänen käsistään.

6. LUKU

Toivuttuaan hämmennyksestään, hän kiirehti vastaamaan tuntemattoman naisen esittämään kysymykseen: "Kyllä, minä olen Ella. Mistä tunnette minut?"

Keittiön pääemäntä tuli lähemmäksi, ojensi kätensä tarjoilupöydän ylitse ja esittäytyi: "Olen Kaisu, rauhaa."

Ella tarttui ojennettuun käteen ja vastasi tervehdykseen. Nyt hän ei voinut enää erehtyä! Kyseinen tervehdys oli kuin uskovien salakieltä, sitä tervehdystä eivät käyttäneet muut, eivät yksinkertaisesti voineet, jos sydämessä ei ollut rauhaa.

Mutta mistä tämä ystävällinen nainen tiesi hänen nimensä?

"Seurakuntamme talonmiehen vaimo soitti minulle eilen. Olit varmaankin käynyt siellä illalla. Hän antoi tuntomerkit sinusta ja koska sinulla on rintapielessä tämä merkki, niin se auttoi myös asiassa. Kenelläkään muulla täällä ei ole vastaavaa merkkiä." Sitten hän jatkoi: "Mieheni on talonmiehenä tällä oppilaitoksella ja me asumme tässä koulun pihapiirissä. Haluaisitko tulla tänä iltana meille kylään?"

Niinpä pitkän opiskelupäivän päätteeksi Ella huomasi istuvansa oppilaitoksen keittiön pääemännän olohuoneessa, hänen perheensä ympäröimänä. Kaksi vilkasta poikalasta hyöri hänen ympärillään, ihmetellen sinisessä puserossa olevia riikinkukon kuvia. Aika kului kuin siivillä.

Ilta oli jo myöhä, kun hän kiirehti takaisin tyttöjen asuntolaan. Hän oli iloinen, sillä vierailun aikana oli varmistunut, että hän pääsisi sunnuntaina tämän perheen kyydissä seurakunnan tilaisuuteen. Ella asteli reippaasti pimeässä illassa, puiden ja pensaiden välissä mutkitellen, kohden tuttua asuntolaa. Muita oppilaita ei ollut näin myöhään ulkona ja hänkin piti kiirettä päästäkseen nopeasti pois puiden varjoista, asuntolan valokeilaan.

Asuntolaan palattuaan hän huomasi, että ylei-

sissä tiloissa ei näkynyt ketään, mutta Sannan huoneesta kuului ääniä. Topi oli jälleen tullut vierailulle ja tuttuun tapaan Anne kuului olevan "vartijana". Isosiskomaisesti hän ohjeisti Sannaa, tarkaten nuorten välisiä tapahtumia.

Ella ei antanut tilanteen häiritä itseään, vaan vetäytyi omaan huoneeseensa ja sulki oven. Huomenna olisi perjantai, viikon viimeinen opiskelupäivä, jonka jälkeen toiset tytöt lähtisivät viikonlopuksi koteihinsa ja hän jäisi yksin koulun asuntolaan.

Öljynvaihto

Työt opistolla eivät aina sujuneet ongelmitta. Ella ja Saara saivat tehtäväkseen vaihtaa puutarhatraktoriin öljyt. Kuunneltuaan oppitunnilla tarkasti he tiesivät, että mittatikun päässä täytyisi näkyä musta öljyjälki ennen kuin koneen saisi käynnistää.

Huolellisesti tytöt kaatoivat tyhjennettyyn tankkiin öljyä. Heidän omasta mielestään ainetta oli kaadettu jo vaikka kuinka paljon, mutta siitä huolimatta mittatikun päähän ei tullut pienintäkään merkkiä mustasta aineesta, heidän kastaessaan tikun päätä tankissa olevaan nesteeseen. Aikansa asiaa ihmeteltyään, Saara lähti kysymään opettajalta, miksi mittatikussa ei näkynyt mustaa öljykärkeä, vaikka kuinka paljon nestettä kaataisi tankkiin.

Opettaja tuli paikalle ja tarkisti tikun, nuuhkaisi tikun kärkeä ja kysyi. "Mistä kanisterista te olette sitä öljyä laittaneet?"

Ella nosti opettajan nähtäväksi ison kanisterin. "Yrittekö käynnistää traktorin?" opettaja kysyi. "Ei tietenkään", Saara vastasi. "Emmehän voi käynnistää, kun mittatikussa ei näy öljykärkeä." "Hyvä", opettaja totesi viileän rauhallisesti. "Se olisi muuten ollut viiden tonnin remontti. Te olette laittaneet öljytankkiin bensaa! Tätä traktoria ei saa nyt käynnistää, vaan tankki menee tyhjennykseen, nyt heti."

Lauantaiaamu asuntolassa

Joka puolella vaikuttavan hiljaisuuden vallitessa, Ella kömpi lauantaiaamuna ylös sängystä. Häntä lukuunottamatta tyttöjen asuntola oli täysin tyhjä.

Hiljaisena hän meni keittiöön, etsiäkseen itselleen jotakin aamupalaa. Siinä aamupalaa valmistaessaan, hän katsahti ulos ikkunasta huomaten, kuinka syksyn kellastuttamat lehdet putoilivat jo pihapiiriin. Se tietäisi puistopuolen tytöille seuraavalle viikolle harvavointihommia. Hän oli kuullut, että tiedossa olisi myös tulppaanien istutusta, sillä opettajatar halusi sipulikasvit istutettavan kevättä varten valmiiksi maahan, ennen kuin sää viilenisi liikaa.

Valmistettuaan aamupalan, Ella istui aivan ikkunan läheisyyteen, voidakseen aamupalaa syödessään katsella kellastuneita, pudonneita puiden lehtiä. Hän otti valmistamansa aamiaisleivän käteensä aikoen haukata siitä muhkean palan, mutta jähmettyi paikoilleen.

Joku ryskytti asuntolan ovea! Ella säikähti. Eihän viikonloppuna ollut koko alueella oppilaita ja mitä tulee asuntolanvalvojaan, halutessaan hän pääsisi omalla avaimella sisälle asuntolaan.

Oliko joku nähnyt hänet? Ella vetäytyi naulakon suojiin viime hetkellä, sillä samassa tuntemattoman miehen kasvot painautuivat keittiön ikkunaa vasten, katsoen juuri siihen kohtaan missä hän oli hetki sitten istunut. Miehellä oli suussaan muutama musta hammas, hiukset olivat hoitamattomat ja epäsiistit. Ikkunaa vasten painautunut tunkeileva mies, oli arviolta yli kolmekymmentä vuotias.

Ellasta tuntui vastenmieliselle ja hänen sydämensä jyskytti rajusti, pelon kouraistessa koko rintakehää.

Tyttö ei riskeerannut enää mitään, vaan vietti loppupäivän kaikessa hiljaisuudessa asuntolan seinien sisäpuolella, eikä antanut ulospäin mitään merkkejä olemassaolostaan. Hän vältti liikkumista ja oleskelemista ikkunoiden lähettyvillä.

Viimeinkin seurakuntaan

Sunnuntaiaamuna Ella tarkkaili koulun puistoa. Hän näki puiden lomassa vilahduksia hoikasta, pitkästä miehen olemuksesta, joka kierteli tyttöjen asuntolan lähettyvillä. Miehen loitontuessa Ella pujahti nopeasti ulos ovesta, eteni rakennuksen suojissa kohden talonmiehen asuntoa ja ehti juuri pujahtaa pensaikon antaman näkösuojan taakse, kun pitkä mies jolla oli hoitamattomat hiukset, lähestyi jälleen tyttöjen asuntolaa. Ella oli kuitenkin päässyt tarpeeksi lähelle määränpäätään ja muutamalla harppauksella hän oli opiston talonmiehen pihassa. Siellä opiston pääemäntä miehensä kanssa oli juuri kiinnittämässä kahta vilkasta poikalasta autonsa turvavöihin.

Hän sai istumapaikan takapenkiltä poikien keskeltä ja perheen isän käynnistettyä autonsa, matka seurakunnan tilaisuuteen oli viimeinkin alkanut! Lopultakin, Ella ajatteli helpottuneena.

Auton kyydissä matka seurakuntaan taittui nopeasti ja pian he jo saapuivat kauniin kirkkorakennuksen pihamaalle. Muutama päivä sitten, tällä samalla pihamaalla, hän oli seissyt ihmettelemässä missä kaikki ihmiset oikein olivat. Nyt pihamaa oli täynnä kaikenikäistä kirkkokansaa; nuoria, vanhoja, keski-ikäisiä ja aivan pieniä lapsia, jotka odottivat vuoroaan päästäkseen sisälle kirkkorakennuksen lasiovista.

Pienen hetken kuluttua Ella huomasi olevansa yksi niistä, jotka astuivat sisälle uljaaseen kirkkorakennukseen.

Ella tunsi tulleensa kotiin! Kasvot onnesta säteillen hän istui kauniin kirkkosalin keskiosassa. Miten paljon ihmisiä kirkkosalissa olikaan! Kuin myyrät, he olivat kesäloman jälkeen köm-pineet esiin koloistaan ja täyttivät suuren salin penkit niin, ettei jäljelle jäänyt montaakaan tyhjää istuinta. Tässä kaupungissa oli suuri joukko Jumalaan uskovia ihmisiä ja häntä hymyilytti ajatella, että vain muutama päivä sitten hän oli luullut olevansa ainoa lajiaan! Tuntiessaan rakastavan seurakunnan ympärillään, Ella ajatteli tulleensa taivaan esikartanoihin!

Sinä iltana hän palasi onnellisena oppilaitoksen asuntolaan. Asuntolan yleisissä tiloissa paloivat valot ja tuntematon tyttö oli häntä vastassa tervehtien: "Hei, oletko Ella? Kansliasta ilmoitettiin, että paikkani on sinun huonetoverinasi. Sopiiko se?"

7. LUKU

Pienessä ajassa oli tapahtunut paljon asioita. Jaana oli saanut puhelun sisäoppilaitokselta jossa kerrottiin, että hänet oli valittu oppilaitokseen kaikkien muiden hakijoiden ohitse ja hän saisi aloittaa opiskelun jo maanantaina. Sen jälkeen hän oli ottanut yhteyttä lukion rehtoriin, joka oli ilmoittanut ettei aio päästää Jaanaa lähtemään, mutta joitakin muita oppilaita hän olisi ollut valmis päästämään pois lukiosta. Jaana oli kuitenkin toiminut suunnitelmiensa mukaisesti ja saapunut sunnuntaina sisäoppilaitokselle, jossa hänelle oli annettu soluasuntolan avain ja ilmoitettu, että hänen huonekaverinsa olisi Ella.

Jälleen kerran Jaana yllättyi, kuinka kaikki loksahteli niin täydellisesti kohdilleen. Asuntolassa ei ollut ketään hänen saapuessaan, mutta ensimmäinen asuntolaan paikalle saapunut tyttö, olikin juuri Ella.

Ennen kuin oman huonerauhansa pian menettävä Ella ehti kovin suuresti järkyttyä, Jaana oli kertonut samaan hengenvetoon, että oli kuullut Ellasta ja tiesi tämän olevan uskovainen ja että hän itsekin kuului vapaaseurakuntaan.

Jaanasta tuli nyt Ellan kämppäkaveri. Tulevina kuukausina tuossa huoneessa käytettiin yllättäviä aikamääriä rukoukseen ja Raamatun lukemiseen. Olisi voinut luulla, että tytöt kävät Raamattuopistoa! Myös Jaana osti itselleen samanlaisen merkin kuin mitä Ellalla oli, ja näin he yhdessä tunnustautuivat Jeesuksen seuraajiksi.

Tästä ihmeellisestä johdatuksesta huolimatta elämä ei aina ollut pelkkää sulosäveltä. Lähemmin Ellaan tutustuessaan, Jaanalle paljastui Ellan salainen pahe; keksien muruja ilmaantui nopeaan tahtiin vaatekomeron edustalle ja sekös raivostutti Jaanaa. Tuon tuostakin Jaana kulki harja ja rikkalapio kädessään keittiön ja huoneen välillä, siivoten keksinmurut pois lattialta.

Päivittäin he kävelivät pimeää maantietä seurakuntaan ja takaisin, koska eivät halunneet jättää yhtään tilaisuutta väliin. Seurakunnalla oli joka päivä jotakin tarjottavaa, jos ei muuta niin kuoroharjoitukset. Myöhemmin he ottivat käyttöönsä polkupyörät ja pyöräillessään pääkallojäätiköllä seurakunnan rukousiltaan, he lauloivat: "Paukuttaen käsiä me ylistämme Herraa…"

Täydessä vauhdissa jäisellä tiellä polkiessaan, Ella irrotti kätensä polkupyörän ohjaustangosta ja taputti laulun tahdissa.
"Lopeta heti," Jaana huusi. "Tie on kapea, eikä jäätiköllä ole hiekan murentakaan. Etkö näe, että tie on peilijäässä? Voit kaatua auton alle", Jaana huolehti.
"Herra pitää pystyssä kun häntä ylistetään", Ella puolustautui. "Katso miten vakaasti pyörä kulkee jäätiköstä huolimatta, vaikka ajankin ilman käsiä."

Pakkasten noustessa yli kahdenkymmenen asteen, Sarianna huomasi asuntolan aulassa Jaanan ja Ellan pukeutuvan ulkovaatteisiin.
"Minne te nyt olette menossa?" Sarianna kysyi.
"Seurakuntaan", tytöt vastasivat.
"Pyörälläkö? Sehän jäätyy tässä pakkasessa. Kyllä täytyy olla kova halu päästä seurakuntaan, kun tällaisella ilmalla lähdette".
Sarianna oli oikeassa; pyörä oli todellakin kankea ja jäinen, mutta siitäkään huolimatta tytöt eivät halunneet jättää yhtään seurakunnan tilaisuutta väliin, vaan pakkasesta huolimatta he suuntasivat kulkunsa kohden kaupungin keskustaa.

Kerran tosin kävi niin, että Ella myöhästyi muutaman minuutin seurakunnan kuoroharjoituksesta, jolloin yksi kuorolaisista totesi: "Tähän ei ole mitään muuta selitystä kuin että pyörästä on lähtenyt kettingit!"

Veksa

Jaanan ja Ellan erilainen elämä ja heidän uskonsa, oli toistuvasti toisten opiskelioiden pilkan aiheena, mutta sitten myös liikunnanopettaja Veksa yhtyi pilkkaan.

"Mitä nuo laatat ovat teidän puseroissanne?" Veksa kysyi, istuuduttuaan ruokalassa Jaanaa ja Ellaa vastapäätä.

"Mitä niissä sanotaan?"

"Voit itse lukea", Ella kehotti.

"Miksi te kannatte tuollaisia merkkejä? Ette varmaan edes itse ymmärrä mitä merkin teksti tarkoittaa. Miten tuo rakastaminen muka ilmenee?" Veksa pilkkasi ja vältti tarkoituksella Jeesus nimen mainitsemista.

Samana iltana Ellan ja Jaanan palatessa seurakunnasta, he etsivät ojasta tuttua siltana toimivaa lautaa, voidakseen sitä pitkin oikaista asuntolaan. Lumi oli kuitenkin peittänyt ojan ääriään myöten. "Jospa se olisi tässä kohtaa", Ella sanoi arvaillen ja astui ojaan. Arvaus ei osunut oikeaan ja Ella upposi ojaan pyörineen päivineen kainaloitaan myöten.

"Hah, haha, haha, hah, haa...", raikui karski nauru tien toiselta puolelta. Veksa oli sattumalta saapunut paikalle ja nautti suunnattomasti voidessaan nauraa sydämensä kyllyydestä halveksivaa nauruaan, ojan pohjalla ryömivälle Ellalle.

Matka Annen kanssa kaupungille

Eräänä päivänä Jaanan lähdettyä käymään kotonaan, Anne ehdotti Ellalle: "Minun pitää lähteä käymään kaupungin keskustassa. Oletko tänään menossa seurakuntaasi? Voisin viedä sinut mennessäni."

Ella otti tarjotun kyydin vastaan, ja niinpä he kiiruhtivat asuntolan vieressä olevalle parkkipaikalle, jossa odotti pitkä rivi oppilaiden lumen peittämiä autoja. Mikään autoista ei vaikuttanut kovin arvokkaalle, mutta sellainen olisikin ollut näissä olosuhteissa varsin toisarvoinen asia.

Löydettyään viininpunaisen kulkuneuvon, Anne ja Ella työntyivät lumisista ovista sisälle autoon ja kiinnittivät turvavyönsä. Anne käynnisti auton, joka lähti vaivatta liikkeelle. Siinä he nyt huristelivat yhdessä pitkin lumista kylätietä.

Annen autolla matka kaupungin keskustaan taittui nopeasti ja pimeässä illassa ohi vilahteli lukuisten asuinhuoneistojen kirkkaat, välkehtivät valot. Yksin lumisella tiellä kulkiessaan, Ella usein mietti niitä laulun sanoja joissa kyseltiin, kuka yksin yössä vaeltaa. Hänkin olisi kaivannut kodin lämpöön, johon tien varrella olevien talojen ikkunoissa loistavat valot tuntuivat kutsuvan, mutta hän oli ulkopuolinen näiden perheiden iloon. Hänen osansa oli pelkästään olla yksinäinen vaeltaja.

Nytkin talojen ikkunoissa välkehtivät valot, mutta tutun matkan taittaminen Annen lämpimässä autossa oli täysin toisenlainen kokemus, eivätkä hänen aiemmin tuntemat haikeat ajatukset nousseet matkan varrella mieleen.

Annen huristeltua Ella kyydissään perille kaupunkiin, edessä oli risteys jonka toisella puolella oli heidän määränpäänsä. Anne painoi kevyesti kaasua ja jostakin käsittämättömästä syystä hän ei nähnyt vasemmalta tulevaa autoa, vaan lähti ylittämään tietä.

Ella mykistyi. Anne ajoi suoraan toisen auton eteen! Ella avasi suunsa sanoakseen jotakin, mutta hän ei saanut sanaa suustaan. Vielä kerran hän näki pienen vilauksen kuljettajan puoleisesta ikkunasta ja tajusi, että poikittaista tietä kovaa vauhtia lähestyvän auton valot osoittivat suoraan ikkunasta sisään.

Ella tajusi, että kahdeksankympin rajoituksella ajava henkilöauton kuljettaja ei ollut ehtinyt hidastaa vauhtiaan lainkaan. Tie oli liukas ja törmäys olisi väistämätön. Mitään ei ollut enää tehtävissä. Ella sulki silmänsä. Se on menoa nyt...

8. LUKU

Tässä vaiheessa ei enää ehtinyt tehdä parannusta, vaan pienen sekunnin murto-osan päästä kaikki olisi ohitse.

Ella avasi silmänsä ja katsoi hämmästyneenä edessään näkyvää tapahtumaa; Neljän tien risteystä kovalla vauhdilla lähestynyt auto, teki Annen auton edestä nopean väistöliikkeen vasemmalle, sen jälkeen käänsi takaisin oikealle, palaten rajusti heittelehtien takaisin kaistalleen ja jatkoi matkaansa. Lumi pöllysi sakeana, peittäen Annen auton vähäksi aikaa valkoiseen usvaan.

Anne järkyttyi. Hän ei ollut havainnut lähestyvää ajoneuvoa lainkaan, eikä näin ollen ehtinyt jarruttaa, vaan jatkoi tasaista vauhtia ajokaistan ylitse vastapäiselle tielle. Sitten tapahtuman todellisuus iskeytyi hänen tajuntaansa. Hän valahti veltoksi ja vapisi kauttaaltaan. Vilkaisten Ellaan, hän lipsautti: "Ei ollut mitään hätää, kun oli enkeli kyydissä!"

Ellan jäätyä kyydistä seurakunnan pihamaalla, Anne ajoi hiljaiseen paikkaan soittaakseen ystävilleen. Oli käydä niin ettei Anne enää astuisi ratin taakse, mutta hänen ystävänsä pakottivat hänet vain rohkeasti jatkamaan, koska jos hän ei nyt ajaisi, niin hän ei uskaltaisi ajaa enää koskaan.

Muutoksia asuntolassa

Sannan kohdalla jotakin oli muuttunut. Tyttö näytti hiljaiselle ja väsyneelle. Huolellisesti leikatut otsahiukset olivat kasvaneet silmien yli, ja ennen niin eloisat silmät näyttivät nyt värittömiltä.

"Sanna on liian nuori, hän on väsynyt Topin vierailuihin, mutta Topi ei jätä häntä rauhaan", kertoi Anne.

Se oli totta. Topi oli palavasti ihastunut suloiseen Sannaan ja tuli käymään hänen luonaan lähes päivittäin. Anne piti tapahtumia silmällä ja yritti tukea Sannaa, mutta tilanne kävi kuitenkin Sannalle ylivoimaiseksi ja lähdettyään lomalle, hän ei enää saapunut kouluun.

Tämä mursi Topin sydämen. Tästä eteenpäin, Topi harhaili yksinäisenä puiston talvisilla poluilla, osallistui hajamielisenä oppitunneille ja eräänä päivänä hänkään ei enää palannut kouluun. Topi oli keskeyttänyt opintonsa.

Asuntolassa näkyi muitakin muutoksia. "Huomasitko, Sariannalla on nyt eri poikaystävä", Jaana kuiskasi Ellalle.

Ella ei ollut asiaa huomannut, mutta hänkin alkoi nyt seurata, mitä asuntolassa tapahtui. Hän kiinnitti huomiota siihen, että myös Annella oli jotakin meneillään eräiden heidän luokkalaisten poikien kanssa, vaikka Anne oli naimisissa.

Viereisessä asuntolassa asuva Kaarina, alkoi myös seurustella ja poikaystävä näytti vaihtuvan tiuhaan tahtiin.

Jaanan ja Ellan elämä poikkesi tästä kaikesta ja se aiheutti päänvaivaa Veksalle. Hän teki omia suunnitelmiaan tyttöjen sivistämiseksi. Jostakin pääsi vuotamaan tieto, että seuraavalla liikuntatunnilla Veksa aikoi viedä oppilaat tanssimaan ja tällä kertaa liikuntatunnilla olisivat sekä tytöt, että pojat yhdessä.

Tanssitunti

Veksa toteutti suunnitelmansa. Eräänä päivänä

oppilaat vietiin kaupungin keskustassa olevaan suureen kartanoon. Saatuaan Veksan suunnitelmista vihjeen, Ella ja Jaana olivat varovaisia ja jäivät keskustelemaan Veksan kanssa suuren salin avoimeen oviaukkoon.

"Kaikkien on pakko tulla näiden ovien sisäpuolelle", Veksa määräsi.

"Onko meillä tänään tanssia", Jaana kysyi.

"En sano mitä aiomme tehdä, mutta kaikkien on pakko tulla sisälle saliin ja sitten suljen oven".

"Emme tule, jos on tarkoitus tanssia", Ella sanoi. Häntä ahdisti ajatus tuntemattomasta, lukittujen ovien sisäpuolella.

"Ette pääse täältä minnekään", Veksa sanoi kireästi. "Kukaan ei lähde teitä viemään koululle."

"Me kävelemme koululle", Jaana ja Ella vastasivat. "Meille se ei ole ongelma."

Veksa ei tiennyt, että tytöt kävelivät kyseisen matkan vähän väliä.

"Mikään muu urheilusuoritus ei ole hyväksyttävä kuin se, mikä tapahtuu näiden suljettujen ovien sisäpuolella. Jos ette tule mukaaan, annan teille molemmille liikunnasta kakkosen."

"Se sopii meille", tytöt sanoivat, kääntyen pois salin ovelta.

Iloiten he lähtivät kävellen oppilaitosta kohden, nauraen, mitä tuleva työnantaja mahtaisi ajatella heidän kakkosesta liikunnan numerona.

"Ne ei osaa liikkua, siten he tuumivat", Jaana nauroi sydämensä kyllyydestä.

Iloinen matkanteko katkesi kuitenkin yllättäen, sillä seurakunnan ystävällinen vanhimmiston jäsen vaimoineen oli juuri palaamassa kaupasta, pysäytti autonsa ja poimi tytöt kyytiin.

Tämäkin oli merkillistä, sillä päiväsaikaan tytöt eivät yleensä olleet liikenteessä ja jokainen myös tiesi heidän mielellään kävelevän, eivätkä

he olleet kenenkään kyytiä vailla. Kuitenkin tällä kertaa tytöt ottivat tarjotun kyydin vastaan ja palasivat koululle nopeammin kuin olisi voinut arvata.

Veksa taas lopetti tanssitunnin kesken ja toi oppilaat koululle vain vähän sen jälkeen kuin tytöt olivat saapuneet asuntolaan.

Oliko Veksa ajatellut kiusata heitä lisää, heidän kävellessään opistolle? Se ei kuitenkaan onnistunut, sillä Jumala oli lähettänyt enkelinsä tuomaan tytöt nopeasti takaisin asuntolaan niin, että Veksan ajaessa ohitse, he eivät enää olleet lumisella tiellä kävelemässä.

Ruokalassa Asko mutisi jotakin lintsaamisesta: "Ette ole mitenkään voineet kävellä näin nopeasti koululle, että olitte täällä ennen meitä".

Mutta tytöt pysyivät hiljaa ja Askon puheista he arvasivat, että heitä oli yritetty tavoittaa ja tämän vuoksi jätetty tanssimiset lyhyeen.

Avoin ikkuna

Illalla Jaana ja Ella viettivät tavallista Jumalanpalvelustaan. Ella rukoili vuoteensa vieressä polvillaan, mutta Jaanaa viluti ja hän oli käärinyt ympärilleen peiton, kumartuen rukoukseen vuoteellaan istuen. Ella rakasti tähtitaivasta ja oli tämän vuoksi jättänyt huoneen ikkunaverhot auki, voidakseen ennen nukkumaan menoa nähdä edes pienen vilauksen taivaalla loistavista tähdistä.

Kesken rukouksen ulkoseinältä kuului pientä rahinaa ja aivan yllättäen koko huoneiston valaisi kirkas taskulampun valo ja ikkunan takaa kuului miesten ääniä.

9. LUKU

Jaana meni lievään shokkiin. "Voi hyvänen aika, voi hyvänen aika", hän hoki ikkunan läpi tunkeutuvan taskulampun valossa, joka osoitti suoraan Jaanaan. Vuoteensa viereen polvistunut Ella painautui matalaksi vasten työpöytää. Hän ei ollut varma, tuliko nähdyksi.

Koskaan ei selvinnyt, keitä ikkunasta kurkistelijat olivat. He olivat päässeet yllättämään tytöt täydellisesti, hiipimällä äänettömästi ikkunan taakse. Miten oli mahdollista, että mitään ääntä ei kuulunut, ennen kuin taskulampun valo lävisti ikkunan? Tästä eteenpäin Jaana veti iltaisin ikkunaverhot tiukasti kiinni ja Ellan oli pakko luopua tähtitaivaan näkymistä.

Hitsaustunti

Koneopin tunnit olivat kaikkein haastavimpia. Tällä kertaa vuorossa oli hitsaamista. Oppilaat laitettiin pareittain hitsauskoppiin, että hitsausta harjoitteleva saisi tarpeen vaatiessa tukea kaveriltaan.

Jaana tuli Ellan pariksi ja huomasi, että Ellaa pelotti ajatuskin hitsaamisesta! Sama tilanne saattoi olla muillakin oppilailla, mutta tästä huolimatta jokaisen piti edes yrittää hitsata omat levynkappaleensa, jotka opettaja oli heille jakanut.

"Minä en kyllä pilaa silmiäni tämän takia", Ella sanoi.

Miten vaarallinen hitsausliekki silmille olikaan! Vai vielä mustat lasit! Eihän niihin ollut mitään luottamista! Parempi pitää silmät kokonaan kiinni, Ella tuumi vetäessään hitsausmaskin kasvojensa suojaksi. Hän asetti hitsauspuikon pitimeen, sulki silmänsä ja alkoi hommiin. "Lopeta heti!" Jaana huusi vieressä hätääntyneenä.

"Miksi?" Ella tiedusteli. "En näe mitään, koska pidän silmiäni kiinni. En luota tuohon mustaan lasiin."

"Sinä hitsaat sitä sähkölamppua!" Jaana huusi ja sai Ellan lopettamaan hitsauksen ja avaamaan silmänsä.

Kappas vain, tosiaan. Ella oli pitänyt hitsauspuikkoa liian korkealla ja oli hitsaamassa työvaloksi tarkoitettua sähkölamppua.

"Siitä saa sähköiskun", Jaana selvensi huolensa aihetta.

Ella ei kuitenkaan sen parempaan pystynyt ja niinpä tytöt vaihtoivat osia. Jaana sai hitsattua oikein sievän liitoskohdan rautaisiin levynkappaleisiin. Selvästi tulos hitsaamisessa oli parempi, jos piti silmiään auki.

Salaista ihailua

Vaikka tyttöjä heidän selkänsä takana pilkattiin, heille keksittiin pilanimityksiä ja heitä pidettiin outoina, silti syvällä sisimmässään useampi ajatteli salaa heistä jotakin hyvää. Jaanan tultua oppilaitokseen, hän oli tempaissut Ellan elämästä pelon pois ja ensitöikseen laittanut hengellisen musiikin soimaan yhtä suurella volumella kuin muutkin tytöt kuuntelivat omaa musiikkiaan. "Laitatko tosiaan kasettisoittimen noin suurelle?" Ella oli kysynyt.

"Tietenkin", Jaana oli vastannut.

Jaanan rohkeus tarttui Ellaankin ja loppuvaiheissa hän jo soitteli kitaraa ja lauloi hengellisiä lauluja siten, että huoneen ovi yleisiin tiloihin oli auki ja toisetkin tytöt pitivät oviaan auki huoneisiinsa, joten laulu oli kaikkien kuultavissa. Mutta sitä ennen tapahtui vielä monia asioita.

Kun Jaana ja Ella pitivät pitkiä rukouksia huoneessaan, rukoukset alkoivat vaikuttaa paksun tiiliseinän takana viereisessä solussa asuvaan tyttöön. Tytön nimi oli Ulpukka, ja hänen vuoteensa sijaitsi samalla kohdalla kuin Jaanan vuode, tiiliseinän toisella puolella.

Ulpukka alkoi tehdä tuttavuutta tyttöihin: "Monet puhuvat teistä pahaa, pilkaten teitä ja minäkin olen siihen yhtynyt, mutta oikeasti minäkin haluaisin tulla uskoon", Ulpukka kertoi eräänä päivänä.

Tämän kuultuaan tytöt pyysivät Ulpukan huoneeseensa ja rukoilivat hänen puolestaan. Ei mennyt montaakaan päivää, kun Ulpukka osti itselleen polkupyörän ja nyt seurakuntaan lähti oppilaitokselta kolme pyöräilevää tyttöä.

Sopuisa yhteisymmärrys, joka aikaisemmin oli näillä pyhillä matkoilla vallinnut joutui nyt koetukselle, sillä uutena mukaan tulleena nuorena naisena Ulpukka näki toisissa uskovissa paljon vikoja, aivan kolehdinkantajasta lähtien. Hän näki vikoja myös Ellassa ja Jaanassa.

Jäisellä tiellä polkupyörällä ajaessaan, Ulpukka neuvoi: "Raamatussa sanotaan, joka luulee seisovansa, katsokoon ettei kaadu."

Lukemattomat kerrat olivat Ella ja Jaana ajaneet tämän saman matkan, tien ollessa täydellä jäätiköllä. Ella jopa niin ettei pitänyt käsiään ohjaustangolla, mutta silti he eivät olleet koskaan kaatuneet.

Kun Ulpukka lausui nämä painavat sanansa, hän kaatui pyörällään välittömästi. "No, tämä taisikin kolahtaa nyt ihan itselle", Ulpukka totesi nöyränä.

Ella piiloutuu

Veksa päätti järjestää oppilaille koulun ulkopuolista ohjelmaa. Koko luokka vietäisiin arki-iltana laskettelurinteeseen.

"Eihän se käy", Ella tuumasi Jaanalle. "Seurakunnassa on silloin rukouskokous."

"Minä ajattelin lähteä laskettelemaan", Jaana sanoi.

"Minä taas menen kokoukseen", Ella päätti.

Illan alkaessa hämärtyä, Ella oli peloissaan ja mietti kuumeisesti mitä pitäisi tehdä. Hän pelkäsi Veksan raahaavan hänet väkisin koulun autoon, jos hän ei olisi ulkona toisten opiskelioiden joukossa odottamassa yhteiskuljetusta.

Mietittyään asiaa, Ella esitti Jaanalle toiveen miten pitäisi toimia, että heidän huoneensa näyttäisi Jaanan lähtiessä jäävän tyhjäksi. Kun lähdön hetki koitti, Jaana toimi Ellan toiveen mukaisesti, sammuttaen valot ja sulkien huoneen oven lähtiessään. Hän muistutti kuitenkin siitä ettei valehtelisi, jos Veksa häneltä jotakin kysyisi.

Jokainen tyttö Ellaa lukuunottamatta halusi mukaan lasketteluretkelle ja niinpä asuntola oli hyvissä ajoin tyhjentynyt, tyttöjen poistuessa odottamaan yhteiskuljetusta.

Jaanan lähdettyä, Ella toimi heti. Hän hyppäsi sängystä lattialle ja ryömi nopeasti sängyn alle, jossa oli riittävästi tilaa nuorelle tytölle. Hän veti jalkojaan suojaan ettei ulkoapäin olisi mitään havaittavissa. Sitten hän hengitti syvään, rauhoitaakseen tiheästi hakkaavan sydämensykkeensä, joka tuntui kumisevan korvissa asti. Jospa Veksa ei löytäisi häntä.

Mutta…nyt… Ella kuunteli tarkkaavaisesti, sillä hän kuuli joitakin ääniä. Joku tuli sisälle asuntolaan! Hänen huoneensa oven ulkopuolelta kuului askeleita ja ovi aukesi.

10. LUKU

Se oli Jaana, joka palasi noutamaan työpöydälle jääneitä avaimiaan. Hän näytti yllättyvän huomatessaan, ettei Ella ollutkaan enää huoneessa. Jaana poimi työpöydältä avaimensa ja poistui, sulkien oven jälkeensä.

Koska Jaana näytti olevan mukana retkellä, Veksan mieleen ei tullut kysellä Ellasta, sillä tytöt liikkuivat aina yhdessä. Hän arveli Ellan olevan toisten oppilaiden joukossa, vaikka ei juuri nyt saanut tyttöä näköpiiriinsä. Kuitenkin tosiasiassa, samaan aikaan kun Veksa keskittyi puristamaan pikkubussin rattia talvisella tiellä, Ella talutti sisäoppilaitoksen pihamaalla polkupyöräänsä.

Pienen hetken kuluttua jähmeästi liikkuva pakkasen kangistama polkupyörä kääntyi kohden kaupungin keskustaa. Ella ei olisi jättänyt seurakunnan tilaisuutta väliin mistään hinnasta!

Laskettelureissun päätyttyä Jaana käveli bussipysäkiltä asuntolaan. Hän oli ainoa, joka poistui kyydistä, sillä toiset oppilaat jatkoivat Veksan kyydillä kaupungille illan viettoon. Illan vietto ei ollut kuitenkaan sujunut parhaiden suunnitelmien mukaan ja jälkeenpäin kerrottiin, että myöhään yöllä oli syntynyt kova tappelu. Ellalle ja Jaanalle ei kerrottu mistä tappelu oli saanut alkunsa ja mikä oli ollut lopputulos. Muutoinkin luokassa oli viime aikoina ilmennyt pientä ristiriitaa joidenkin oraalla olevien seurustelu suhteiden myötä. Ehkä kyseinen tappelu liittyi näihin asioihin.

Ääniä Sariannan huoneessa

Samassa solussa asuva Päivi osoittautui juuri sen ystävällisen vanhimmiston jäsenen sukulaiseksi, joka oli tuonut Ellan ja Jaanan kotiin kaupungilta, tyttöjen kävellessä pois Veksan järjestämältä kyseenalaiselta liikuntatunnilta.

Kerran Päivi lähti Jaanan ja Ellan seuraksi, kun he kyläilivät tämän ystävällisen vanhan miehen ja hänen vaimonsa luona. Asuihan tämä ikääntynyt pariskunta samalla kylällä, aivan kävelymatkan päässä.

Tuona iltana kahvipöytäkeskustelujen aikaan selvisi, että uskon asiat olivat myös Päivin tiedossa, mutta hän itse oli niiden ulkopuolella.

Eräänä myöhäisenä iltana asuntolassa, tytöt kuulivat Sariannan huoneesta karmaisevan kirkaisun. Vähän ajan kuluttua veret seisauttava kirkaisu toistui jälleen. Mitä ihmettä oli meneillään?

Jaana ja Ella lähtivät ottamaan asiasta selvää, ja silloin he huomasivat Päivin riisuutuneen ja tuijottavan mitään näkemättömin silmin eteensä, harhaillen keittiössä vailla päämäärää. Päivin poistuttua huoneeseensa, Sarianna tuli tyttöjen luokse ja selitti: "Päivi on juonut alkoholia ja hän näkee silloin aina pikku piruja".

Olihan se selitys, mutta ei kuitenkaan helpottanut tilannetta.
"TUOLLA!"
"AAAAAAA!"
Karmaisevat huudot jatkuivat myöhään yöhön valvottaen Ellaa ja Jaanaa, kunnes uupuneet tytöt viimein nukahtivat.

Murheita

Jaanan elämään tuli murhetta. Hän sai tiedon, että hänen äitinsä oli sairastunut syöpään.

Myöhäisinä iltoina Jaana istui työpöydän vieressä olevalla tuolilla, kertoen elämänsä tilannetta Ellalle. Ella ei osannut muuta kuin kuunnella. Syöpä, se kuulosti jotenkin lopulliselle asialle. Jaana vaikutti ymmärtävän mitä tilanne merkitsi; hänen äitinsä tulisi kuolemaan syöpään jo niin nuorena! Olihan Jaanalla vielä alaikäisiä sisaruksiakin. Kuka heistä huolehtisi?

Tämä asia painoi Jaanan mieltä. Kuinka suuren muutoksen tilanne toisikaan hänen elämäänsä. Hänen isänsä asui Ruotsissa, pitäen yhteyttä vain harvakseltaan.

Anne kertoo

Kun asuntola oli jossain vaiheessa tyhjentynyt tyttöjen ollessa kuka missäkin, Anne, jonka kanssa Ella oli aiemmin ollut joutua auto-onnettomuuteen, koputti Ellan huoneen ovelle: ”Otatko jäätelöä? Minulla olisi vähän ylimääräistä kun ostin paketin”.

Mielellään Ella otti jäätelöä, jota ei ollut saanut koko opiskeluaikana. Hänen ainoat herkkunsa olivat ne keksit, joita hän piilotteli vaatekomerossaan ja joiden murusien siivoa-misessa koeteltiin Jaanan kärsivällisyyttä.

Anne toi lupaamaansa jäätelöä Ellalle ja jäi vielä juttelemaan.

”Miksi annat jäätelöä minulle?” Ella ihmetteli. ”Naapurissani asui kerran uskovaisia ihmisiä, jotka tekivät hyvää minulle. Siitä syystä haluan nyt tehdä jotakin hyvää sinulle, koska sinäkin olet uskovainen”, Anne vastasi.

Toisten tyttöjen palatessa asuntolaan, Anne vetäytyi Ellan huoneesta. Kyseinen tilanne oli kuitenkin paljastanut, että tytöt ajattelivat salaa jotakin hyvää Ellasta ja Jaanasta, vaikka porukassa heidän täytyi toimia toisin.

Kutsumaton vieras

Myöhäisenä iltana, kun Jaana ja Ella olivat rukoilleet useamman tunnin ja olivat juuri lopettaneet rukouksensa asettuen vuoteisiinsa, tyttölän asuntolan ovea ryskytettiin. Sarianna meni avaamaan oven. Sen jälkeen kuului keskustelua humalaisen miehen tiedustellessa keittiössä olevilta tytöiltä jotakin ja sitten he kuulivat Sariannan vastaavan: ”Ne on tuolla.” Seuraavassa hetkessä Jaanan ja Ellan huoneen ovi kiskaistiin voimalla auki. Humalainen mies seisoi oviaukossa tuijottaen pimeään huoneeseen.

Ellan ja Jaanan huoneessa ei ollut valoja, mutta molemmat tytöt olivat vielä hereillä ja he pidättivät hengitystään.

11. LUKU

Mies seisoi jähmettyneenä oviaukossa. Mitä ihmettä hän oikein näki? Oliko huone täynnä enkeleitä tyttöjen rukoiltua monta tuntia, vai miksi mies ei päässyt avoimesta ovesta sisälle huoneeseen, vaan seisoi kynnyksellä niin kuin näkymätön voima olisi pitänyt häntä paikoillaan?

Sitten, yhtä voimakkain ottein kuin oli Jaanan ja Ellan huoneen oven avannut, hän paiskasi sen kiinni ja kysyi keittiössä juttelevilta tytöiltä: "Onko muita?"

"On tuolla vielä yksi", Anne sanoi osoittaen Mervin huonetta.

Mervi oli sammuttanut huoneestaan valot ja oli jo täydessä unessa, kun huoneen ovi tempaistiin auki ja tuntematon humalainen mies syöksyi suoraan hänen vuoteeseensa. Mervi heräsi. Hänellä oli yllään vain rikkinäinen yöpaita, jota hän yritti suojata peitteellään ja työnsi miestä peite edellä pois sängystä ja huoneestaan.

Jonkin aikaa kamppailtuaan hän sai miehen oven ulkopuolelle. Taisi siinä toisetkin tytöt tulla avuksi.

Tällaiset olivat tuntemattoman miehen aikeet. Kuka hänet oli asuntolaan opastanut ja uskovaisista tytöistä maininnut? Mikä esti häntä astumasta Jaanan ja Ellan huoneeseen? Vastausta ei kukaan ollut heille antamassa, mutta tytöt kiittivät Jeesusta suojeluksestaan, sillä aivan selvästi taivaalliset voimat olivat olleet välissä.

Disko

Eräänä talvisena päivänä kaupungilla järjestettiin disko. Kaikille diskoon haluaville oppilaille luvattiin koulun puolesta ilmainen kuljetus. Jokainen halusi tietysti mukaan, paitsi ne uskovaiset tytöt. Myös Mervi (jonka muistamme parhaiten siitä, että hän aivan opiskeluajan alussa päästi traktorin valtoimenaan alamäkeen), jäi huoneeseensa.

Silloin Mervin, Jaanan ja Ellan asuntolan ulko-ovella kuului napakka kolkutus. Jaana meni avaamaan ja yllätyi nähdessään Ulpukan. Tyttö seisoi oven takana päättäväisenä.

"Nyt rukoillaan, että minä täytyn Pyhällä Hengellä", hän sanoi varmana.

Koska asuntola oli Merviä lukuunottamatta tyhjä, Jaanan mielestä ajatus oli hyvä. Ulpukka kertoi tytöille, että tiiliseinän toisella puolella asuva Ulpukan huonetoveri oli myös jäänyt pois diskosta, mutta ketään muita ei ollut paikalla asuntoloissa.

Sen enempää aikailematta, tytöt polvistuivat Jaanan vuoteen vierelle ja alkoivat rukoilla.

Sitten se tapahtui! Ulpukka puhkesi suureen ääneen puhumaan vierailla kielillä, Ella huusi samalla voimakkuudella puhuen hänkin vierailla kielillä. Jaana kaatui polviltaan lattialle ja nauroi vatsaansa pidellen. Ella oli kuullut, että jotkut voivat Hengellä täyttyessään myös nauraa ja nyt hän ensimmäistä kertaa sai itse nähdä tällaisen tilanteen. Meteli oli melkoinen ja voimakkaat ylistyksen sanat tulivat ilmoille useilla eri kielillä.

Viereisessä solussa, tiiliseinän toisella puolella yksin iltaansa viettävä Ulpukan huonetoveri kuuli äänet, aisti voiman ja jähmettyi vuoteeseensa. Samoin teki Mervi omassa huoneessaan. Hän suorastaan liimautui sänkyynsä ja tuijotti huoneensa kattoon silmiään räväyttämättä.

Ulpukka ei arkaillut, vaan täyttyi taivaan voimalla ääntään säästelemättä. Meteli tyttöjen huoneessa yltyi yltymistään, kunnes pitkän ajan kuluttua kaikki loppui kuin seinään. Voima lakkasi virtaamasta ja rukoilijat hiljenivät.

Kun kaikki olivat ääneti, silloin he kuulivat kuinka avain kiertyi asuntolan oven lukossa. Toiset tytöt palasivat diskosta! Jos äskeinen meteli olisi vielä kuulunut asuntolasta, kotiin saapuvat juhlijat olisivat todennäköisesti soittaneet valkotakkiset paikalle tutkimaan uskovien tyttöjen terveydentilan. Jumalan henki on kuitenkin hienotunteinen, eikä vahingoita ketään. Voimavaikutus lakkasi samalla hetkellä, kun juhlijat saapuivat asuntolaan.

Jälkeenpäin Mervi kertoi tuon illan tapahtumista Jaanalle. Hän kertoi kuuluvansa babtisteihin, mutta ei ollut vuosiin enää kulkenut heidän tilaisuuksissaan. Voimavaikutuksen laskeutuessa ja tyttöjen puhuessa Uusilla Kielillä, Mervi oli huutanut Jumalalta armoa ja tehnyt parannusta kaikista synneistään.

12. LUKU

Veksa ei ollut uskovien tyttöjen suhteen tyytyväinen, jäätyään kerta toisensa jälkeen tappiolle omissa päämäärissään. Tällä kertaa tämä mies joka ei säästellyt keinoja asiansa läpi viemisessä, oli päättänyt pitää liikuntatunnin luokkahuoneessa. Hänen tarkoituksenaan oli näyttää luokalle liikunnallisesti opettavainen video, mutta jostakin syystä video ei nyt lähtenyt pyörimään.

Luokassa vallitsi yleinen hälinä. Ella painautui työpöytäänsä vasten ja rukoili hiljaa. Jaana näytti tekevän samoin vaikka istuikin selkä suorana, mutta piti samalla silmiään kiinni. Toiset oppilaat liikehtivät levottomina, koska tunnilla ei tapahtunut mitään ja he alkoivat kyllästyä paikallaan istumiseen. Tunti kului loppuun ja koitti välitunnin aika.

"Mitä me täällä nuokumme", Ella sanoi Jaanalle. "Mennään kämpille rukoilemaan niin tulee tämäkin aika hyötykäyttöön."

Muutaman muun oppilaan kanssa tytöt lähtivät välitunnille, mutta osa oppilaista jäi luokkaan. Vartin päästä keittiön ikkunasta vilkaistessaan, Jaana näki toisten oppilaiden palaavan luokkahuoneeseen. He päättivät itse jäädä päivän viimeiseksi oppitunniksi asuntolaan, pitämään tutuksi tulleita polvirukouksiaan.

Koulupäivän päätyttyä he tapasivat toiset oppilaat koulun ruokasalissa.

"Heti kun te astuitte luokkahuoneesta ulos, video alkoi toimia", Asko vihjaisi Jaanan ja Ellan nähdessään. Hän ei näyttänyt pahastuneen tyttöjen toiminnasta vaan vaikutti pikemminkin kiinnostuneelta asiayhteydestä ja siihen liittyvistä tapahtumista. Miksi video ei voinut toimia niin kauan kuin uskovaiset tytöt olivat luokassa, sitä hän näytti pohtivan.

"Kun tulin luokkaan välitunnilta", Anne yhtyi keskusteluun, "Katsoin heti että ettehän te vain ole siellä. Se oli meinaan todella härski pornofilmi, minkä Veksa meille näytti. Onneksi olitte poistuneet!"

Veksa ei maininnut tytöille asiasta sanaakaan. Ehkä hän viimeinkin ymmärsi, että häntä vastassa oli suurempi voima, hänen yrittäessään kiusata uskovia tyttöjä. Kyseisellä filmillä oli vielä ikärajoitus, joten Veksa rikkoi näitäkin sääntöjä, sillä luokassa oli useampi alle kahdeksantoistavuotias. Tämä oli viimeinen taisteluerä Veksan kanssa ja hänen oli nieltävä tappionsa.

Jälkeenpäin Ella pohti usein, mitä Veksan elämään mahtoi kuulua myöhemmin. Ymmärsikö hän, että Jumala on voimallinen, todellinen ja suojelee omiaan? Veksa oli iältään noin neljäkymmentäviisivuotias, eikä hänestä kuulunut enää mitään näiden tapahtumien jälkeen.

Puseron lainaaminen

Ulpukka ei ollut tyytyväinen "Jeesus rakastaa sinua" -laattaan, vaikka Jaana ja Ella olisivat hänelle sellaisen mielellään ostaneet. "Ei mitään niin pientä", Ulpukka sanoi. "Haluaisin lainata tuota Ellan puseroa, jossa lukee seitsemällä eri kielellä Jeesus elää."

Ella mietti asiaa. Pusero oli ollut kallis, eikä hänellä ollut kovin montaa vaatetta. Lisäksi kyseinen pusero oli erikoistuote, eikä hän voisi saada toista samanlaista. Vähän aikaa mietittyään, Ella suostui lainaamaan rakasta puseroaan Ulpukalle, mutta miten sitten kävikään! Hän näki puseron Ulpukan päällä vain kerran, tämän juostessa hätäisesti pois ruokasalista, ettei monikaan ehtisi nähdä mitä puserossa luki.

Ulpukka ei koskaan palauttanut lainaamaansa vaatetta ja tämä kirveli Ellan mieltä. "Lainatkaa, toivomatta saavanne mitään takaisin" Raamatun sana tuli Ellan avuksi, että hän pääsi asian ylitse. Jatkossa hän ei lainaisi mitään sellaista, mitä toivoisi vielä joskus saavansa takaisin!

Jaanan äidin salaisuus

Jaanan äidin syöpä oli edennyt ja hän tiesi ettei enää selviäisi sairaudestaan. Eräänä päivänä äiti kutsui Jaanan luoksensa ja ojensi hänelle suljetun kirjekuoren. Hämmentyneenä Jaana otti kirjeen vastaan, voimatta ymmärtää mistä oli kysymys. Kirjeen sisältö järkytti Jaanaa syvästi ja vaikutti koko hänen loppuelämäänsä.

Kirjeessään äiti kertoi salaisuutensa jota hän ei voisi viedä mukanaan hautaan, vaan Jaanan tulisi tietää se, sillä olihan Jaana jo täysi-ikäinen ja oikeutettu tietämään tosiasiat. Hän, jota Jaana oli pitänyt isänään, ei ollutkaan hänen oikea isänsä, vaan Jaanan isä oli Pentti, joka asui Lapissa.

Raskaassa elämänvaiheessa Jaana huomasi siis menettävänsä äidin, eikä hänen isästään ollut mitään tietoa. Henkilö, jota Jaana oli pitänyt isänään, oli kohdellut häntä aina paremmin kuin toisia lapsiaan, jota Jaana oli usein ihmetellyt. Jos tarjolla oli ollut jotakin hyvää syötävää vain yksi annos, se annettiin aina Jaanalle ja muut jäivät ilman. Jaana ei ollut tätä menettelytapaa pystynyt käsittämään. Nyt moni asia sai vastauksen, mutta vielä enemmän jäi kysymysmerkkejä.

Jaana halusi löytää oikean isänsä ja aloitti etsinnät. Sukunimi oli kuitenkin yleinen pohjoisessa käytetty sukunimi ja saman nimisiä Penttejä löytyi nimitiedustelusta yli kolmekymmentä.

13. LUKU

Lopputapahtumat

Kevät oli muuttumassa kesäksi ja lukuvuosi läheni loppuaan. Luokanvalvoja pyysi Jaanan ja Ellan luokkahuoneeseen keskustelemaan luottamuksellisesti. Opettaja kertoi itkien, kuinka tämä luokka oli ollut erilainen kuin mikään muu luokka koko koulussa. "Olen ymmärtänyt, että se johtuu näistä teidän merkeistänne, mitä te kannatte rintapielissänne", opettaja vuodatti kyynelehtien, osoittaen merkkiä "Jeesus rakastaa sinua".

Ella ja Jaana kuuntelivat ihmeissään opettajan vuodatusta. Saattoihan olla, että koulun asuntolassa ei oltu milloinkaan rukoiltu niin paljon kuin kyseisenä vuotena, mutta mitään varmuutta asiasta ei ollut.

Vielä ehti kuitenkin tapahtua asioita. Ellan polkupyörä varastettiin! Se apuväline, jolla hän oli päivittäin polkenut seurakunnan tilaisuuksiin ja takaisin, oli nyt viety. Ella yritti etsiä pyöräänsä, mutta sitä ei löytynyt mistään. Joku tiesi kertoa, että liikkeellä oli ollut polkupyörävarkaita, jotka olivat pudottaneet kymmeniä pyöriä Purojoen sillalta jokeen. Ellan lukittu polkupyörä oli mahdollisesti näiden mukana.

Vuoden mittaan oli tapahtunut paljon muutoksia, sekä uskovaisissa tytöissä että heidän ympäristössään. Tyttöjen asuinhuoneen lukitut ovet olivat kevättä kohden auenneet ja hengellisten laulujen sävelmät olivat nyt vapaasti kaikkien kuultavissa. Toisten asuntolassa asuvien tyttöjen musiikki oli vastaavasti hiljennyt.

"Katso tuonne", Jaana kuiskasi ja nyökkäsi avoimen ikkunan suuntaan. Ella keskeytti laulunsa ja laittoi kitaran sängylle odottamaan. Hän siirtyi aivan Jaanan viereen ja silloin hän näki, että tyttöjen avoimen ikkunan takana hiukan alempana rinteessä istui nuori mies puomin päällä, pyyhkien silmiään. Jaana oli huomannut, että tämä maatalouspuolen oppilas oli pysähtynyt kuuntelemaan Ellan laulua, ja Ellan jo lopetellessa lauluhetkeään, hän halusi näyttää salaisen kuuntelijan myös Ellalle. "Uuden taivaan, sekä uuden maan, nähdä vielä kerran saan...", sitä laulua Ella oli juuri laulanut ja myös useita muita hengellisiä lauluja. Jotakin kaipausta näiden ympärillä olevien nuorten ihmisten sisällä sittenkin oli. Vaikka Ellalle uskon tunnustaminen uudessa vieraassa ympäristössä olikin alussa ollut varsin haastava asia ja hän oli silloin jäänyt hetkeksi aikaa yksin, se oli sittenkin kannattanut! Ella tunsi kiitollisuutta siitä, että oli pysynyt uskollisena päätökselleen seurata Jeesusta, maksoi mitä maksoi. Yhdessä Jaanan kanssa he olivat selvinneet!

Kaarina, joka esiintyi aivan tämän kertomuksen alussa, teki jo pois lähtöä koululta. Hän vietti pienen kahdenkeskisen hetken Ellan kanssa: "Tuntui pahalta, kun toiset pilkkasivat aina teidän uskoanne ja itsekin olin uskovainen. En kuitenkaan uskaltanut tunnustaa uskoani ja sitten elämässäni tapahtui monia ikäviä asoita. Kuulun vanhoillislestadiolaisiin."

Ella kuunteli hämmästyneenä Kaarinan tarinaa. Kuinka monta uskovaista koulussa oli loppujen lopuksi ollut, mutta he eivät tulleet lukuvuoden aikana esiin, koska eivät tunnustaneet uskoaan!!

"Vanhoillislestadiolaisuudessa ajatellaan, että vain lestadiolainen voi olla uskovainen", Kaarina jatkoi ystävällisesti.

"Mutta miten itse ajattelet, kun kuulit meitä pilkattavan uskon vuoksi, emmekä ole lestadiolaisia? Ajatteletko itse, että jonkin muun seurakunnan jäsen voisi myös olla uskossa?" Ella tiedusteli.

"En pysty ajattelemaan niin, koska on lapsesta saakka opetettu, että vain lestadiolainen voi olla uskossa", Kaarina vastasi rauhallisesti.

Ella oli ihmeissään. Kaarina kuuli heitä pilkattavan uskonsa vuoksi ja hänestä tuntui pahalta, koska hän itsekin oli ollut uskovainen kouluun tullessaan, mutta ei kuitenkaan pystynyt pitämään Jaanaa ja Ellaa uskovaisena, koska he eivät olleet lestadiolaisia. Ellan pää meni pyörälle ja hän jätti asian vaille syvempää pohtimista.

Kaikki tulee julki

Jonkin ajan kuluttua lukuvuoden päättymisestä, Jaanan äiti kuoli. Hautajaiset olivat Jaanalle vielä raskaampi päivä kuin muille sisaruksille, sillä hänellä ei nyt ollut yhteyttä oikeaan isäänsä.

Vuosien ajan Jaana yritti etsiä isäänsä, mutta tuloksetta. Lappi oli liian laaja alue tutkittavaksi ja liian monta saman nimistä asui kyseisellä alueella. Jaana oli kyllä soittanut joillekin heistä, mutta asia oli vaikea esittää ja kovin montaa harhapuhelua ei ollut mielekästä kyseisen asian tiimoilta tehdä.

Kuitenkin, elämä kuljetti Ellaa ja Jaanaa tahoillaan eteenpäin ja niinpä kahdenkymmenen vuoden kuluttua kävi niin, että Ella muutti pohjoiseen. Siellä hänelle muistui mieleen Jaanan tarina ja hän hän tunsi samaistuvansa suruun mitä Jaana oli kokenut, kun hän ei koskaan ollut saanut tavata isäänsä. Asuttuaan pohjoisella alueella joitakin vuosia, Ella tuli kysyneeksi seurakunnan johtajalta oliko Pentti kylällä tunnettu?

Johan toki Pentti tunnettiin! Oli asustellut siinä lähettyvillä ja olisi ollut helposti tavattavissa, mutta Pentti oli kuollut joitakin vuosia sitten, hukkunut.

Useamman kysymyksen avulla varmistettiin, että kysymyksessä oli todellakin oikea Pentti, Jaanan isä. Sen jälkeen Ella toimitti Jaanalle surullisen tiedon hänen isästään ja etsintä voitiin lopettaa. Mutta jotakin positiivista kerrottavaa Ellalla sentään oli; Jaanalla oli sisarpuoli pohjoisessa.

Vuosien jälkeen selvisi niiden rasittavien keksinmurujenkin arvoitus, joiden siivoaminen Ellan komeron edustalta oli koetellut Jaanan kärsivällisyyttä. Jaana oli luullut Ellan mutustelevan vaatekaappiin piilotettuja voileipäkeksejä, mutta nyt Ella joutui tunnustamaan, että hän olikin piilotellut kaapissaan herkullisia dominokeksejä! Kyllähän se vähän harmitti näin vuosienkin jälkeen, kun salaperäiset keksinmurut paljastuivat suklaakekseiksi, eikä ahkerasta rikkalapion ja harjan käyttämisestä huolimatta Jaana ollut itse saanut maistaa yhtä ainoata herkkupalaa!

Päätössanat

Kuten etukäteen saattoi jo aavistaa, sekä Ellalla että Jaanalla komeili päästötodistuksessaan liikunnan numerona kakkonen, kuten Veksa oli luvannut, koska tytöt kieltäytyivät astumasta suljettuun saliin, jonka ohjelmanumerosta ei kerrottu etukäteen.

Lukukauden päätyttyä, ennen opistolta lähtöään, Ella ja Jaana siunasivat asuntolassa olevan huoneensa lausuen, että kuka tahansa siihen huoneeseen astuisi, hän kokisi taivaallisen voiman, sekä Jumalan Hengen läsnäolon ja tekisi elämässään parannusta.

Myöhemmin Ella tiedusteli, kuka kyseisessä huoneessa oli heidän jälkeensä asunut. Hän sai tietää, ettei heidän lähtönsä jälkeen huoneessa ollut asunut kukaan!

Vuosien jälkeen Ella ajoi autollaan oppilaitoksen ohitse ja silloin hän näki; pitkän asuntolan valaistujen ikkunoiden keskellä näkyi yksi pimeä ikkuna, kertoen tyhjästä huoneesta.

Jatko-osa 2
OPISKELIJAN USKO KOETELLAAN